H. P. LOVECRAFT'S
HERBERT WEST
RE-ANIMATOR
IN LATIN

HERBERTI W.
QVI ANIMAVIT
MORTUOS MVLTOS
RES GESTAS
FABELLIS SELECTIS
HIC FATETUR
HOVARDVS P.L.

translated by

T J PRICE

FABELLI

HOVARDVS NOSTER

E TENEBRIS

De Herberto West, qui amicus est meus, cum in universitate, tum per annos sequentes, non possum sine permagno terrore dicere, non omnino quia is e medio infaustum in modum nuper sublatus est, sed etiam ob tenerem totae vitae. Ad discrimen eius industria appropinquare abhinc annos amplius septemdecim coepit, cum *Arkhami* in *Miskatonicia Universitate*, medicinae tertio anno studeremus. Coniunctus, adeo eius experientias admirabar et metuebam, ut ea mentem meum obtinerent. Eo absente, mente liberata, expavesco, nam et quorum memor, et quae sunt possibilia, ea rebus veris horridiora fiunt.

Quod primum male accidit, dum eo utebar, id tam attonitum me reddit quam numquam quidquam antea, et etiam nunc scribere de re vix possum. Ut dixi, id accidit nos apud Schola Medicinae versantes et ibi quidem, ob eius propositiones de mortibus et quia eos revivescere cum auxilio artificiosi medicamenti posset dictavit, infamis iam erat. Quoniam habebat vitam non dissimilem machinae et pariter obnoxiam, post defunctum naturalium actionum, reficiendo, erat ludibrio multis studentibus iisque, qui eos medicinam docebant. Experientias autem ultro agens innumerabiles cuniculos, et feles, et canes, et simias interfecerat, ut morti variis medicamentis medicaretur, qua ratione animalium cadavera sic acervavit, ut molestia maxima fieret iis, qui Scholam curabant. In aliquibus ex hiis animalibus, quae existimavisset mortua, interdum vitam coisse edixit, vitam quidem violentam, sed tandem, ut propositionem perficeret, si quando quidem posset, mox intellexit tantum temporis se dare experientiis necesse esse, quantum vitae sibi natura fortasse vellet concedere. Ad hoc, quia medicamentum animalia dissimilia varie affectavit, cadavera hominum sibi paranda esse, ut suis novis propriisque melius studeret. Tamen, his rebus exponentis, primum conflixit cum iis, qui Scholae praeerant, et ex iis praecipue cum Allano Halsey, Decano ipso, medico, honestissimo viro, claro notoque oppidanis inveteratis quisque ob beneficiam erga pauperes laborantesque *Arkhami*, qui vir excellens alias eiusmodi experientias gerere vetuit Herbertum.

Ego equidem semper eius industriam facillime accipiebam et saepe de eis, quae paene innumera consideranda et corollaria parerent, dissertationem habebamus. Is, itidem ac philosophus, Haeckel nomine, ducebat quodvis animal e numerosis minutis corporibus inanimis esse compositum, neque animum praeter fabulam. Ipse igitur putabat corpus mortuum, dummodo non marcesceret et partes omnes intacta essent, minutis corporibus ab medicamento sui rursus motis (nonne quid se moveat, vivere aestimamus?), cadaver reviviscere dici posse. Tamen, mentem moresque imminui, cum mortis cerebrum (ob fragilitatem partium) per spatium temporis, licuit brevissimum, tabesceret, intelligebat, quocirca primum medicamentum petiit, quod prius morti obstaret quam perveniret, sed frustra, namque, multis usus animalis, mox comperit partes viventes per naturam non patere eas per artificium, itaque recentissima exempla parare conabatur, sic in animalium venas, quorum, eo auctore, nuperrime spiritum exhalaverunt, liquidum iniicit, quo facto, brevi spatio aliquot vivere visa sunt, sed ambiguum erat, utrum mortua haec, re vera, fuissent necnon, ob quam causam professores cum neglegentia ei reportanti diffusi sunt. Inconsulti sunt illi, et rei tempus non dederunt, quod sapientissimi oportuit.

Is, ab Scholae administrantibus sic interdictus, mihi non multum post confessus est, se hominium, qui nuper naturae dedissent, cadavera nescio quo modo sibi paraturum ut clam se ea agere posset, quae non aperte, constituisse. Subtaetrum mihi autem erat eum auscultare de varia consilia reputare. Numquam cadavera, ut studeremus anatomico, nos nobis parare soliti summus. Cum ex exsequiali cella nihil Medicinae Schola suppeditari potuerat, duo fusci furciferi, non interrogati ab quovis, officium fungebantur. Herbertus West eo tempore fuit vix iuvenis, non procerus, habitu gracile, flavus, oculis caeruleis, perspicillis utens, vocis dulcis, ergo mirabile et sollicitans erat eum audire se diserte pensitare ex utro loco melius humata compararemus, aut ex sepulcreto circa templum, *Christchurch* nomine, aut ex *Agro Figulari*. Hunc demum delegimus, quia in illo maior pars cadaverum erat condita, id quod admodum alienum fuisset experientiis Herberti.

Ego eius iam studiosus strenuusque minister eram et eum adiuvi cum res quaeque constituendae fuerant, non solum ex quo loco cadavera peteremus, sed etiam ubi nostrum opus foedum efficeremus, quem locum quidem egomet repperi, cum in mei mentem ceciderit fundus derelictus, *Chapman Place* vocabatur, qui ultra *Pratensem Collem* situs est, quem, nobis locatum, divisimus in duas partes, in altera instrumentis adhiberemus, corpora in altera tractaremus, quo facto, utrius fenestras spissis velis munivimus ne quid nostrorum forte conspectum sit, licuit procul ab aliis domibus atque etiam viis locus esset, quapropter pauci ibi vadere solent, nihilo minus nobis praecavendum erat, ne qui forte noctu errarent atque coepissent garrire insolitas luces se vidisse, ita rumores instigavissent, qui nostrae rei magnopere nocere potuissent. Constituimus igitur, si quis errans ad locum appropinquaret et in nos incideret, huic dicere officinam chemicam nos instituisse. Locum nostrum infestis operis scientibus cum rebus emptis ex urbe, *Boston* nomine, tum ex

Universitate subreptis, accurate mutatis, ut origines omnibus praeter expertes celarentur, paulatim exstruximus ornavimusque Praeterea, palas dolabrasque excavando paravimus ut in fundi cella saepius sepelire possemus, quandoquidem non licuit receptaculo cremandi in Schola uti, neve unum, satis pecuniae egentes, emere potueramus. Vero cadavera semper molestum erant, etiam horum animalium parvorum, facta ex experientis tenuis clam actis in cubiculo Herberti.

Enuntiationes de his, qui fato functi essent, nos perinde ac bustirapi observabamus, propterea quod nobis res requisitae erant ii mortui, qui quam celerrime sepulti neque conditi essent, et ad haec malebamus eos non ob morbum defunctos, nec deformes esse, sed sane integros. Qui casum obirent, eos summos desiderabiles duximus. Fortuna in menses nihil attulit, interea saepenumero, nec scilicet tot ut in quamquam suspicionem veniremus, auctoritatem insimulantes collegii Universitatis, e libertinis et ex eis, qui clinicos curabant, rogabamus num cadavera haberent, mox autem repperimus, eos, qui scholam administrabant, quicumque antecederet, primos ea ademere posse. Ob quam causam nobis per aestatem *Arkhami* manendum fuisset (cum eo anni tempore pauciores sermones apud studentes haberentur, pauciora cadavera in Schola poscebantur) nisi evenit, die quoddam, ut Fortuna nobis perfecto cadavere faveret. Audivimus operarium lacertosum, qui in lacu, *Aestatis Stagnum* vocatur, heri mane perisset, in *Agro Figulari*, sumpto oppidorum, non conditum confestim depositum fuisse. Post meridie, locum in quo humatum esset cognoscimus et continuo nos paulo post mediam noctem negotium accessuros constituimus.

Labore noctu in spissis tenebris erat odiosum foedumque, quamquam adhuc unicus metus sepulcrorum agrorum nondum nos ipsos perceperat, qui certe postea. Palas asportavimus et lampas, quae oleum comburebant, neque vi invisibile usae, etsi vulgo adhibebantur, quia minus utiles novissimis, quae fabrica faciunt nostris temporibus instructas cum metallo, *tungsten*. Effodiendae capsulae negotium erat molimen sordidumque, quamquam aliquid poetae tetrici esse poterat, nisi quod ad naturae investigationem simus consecrati. Gavisi summus autem, cum palis nostris capsulam tetigissemus, tunc, solo relicto e lacuna remoto, Herbertus insilit, patefecit, cadaver sustulit ita ut id extrahere possem, continuo deinde solum restitutum, ut aequaremus, contendimus, solliciti respicientes saepenumero ad cadaver, quod nos inerte vultu intuere videretur, donec, soli globo ultimo complanato ut nemo quidquam operae dispicere posset, id involutum sublatumque proficiscimur ad fundum, ultra *Collem Nemorosum*, ad tugurium *Chapman Place*.

Ibi in mensa, ad usum ex tempore rapta, id posuimus, ubi illuminatum a magnae potentiae lampade *acetylene* non nobis valde admirandum erat. Fuit iuvenis robustus nec fortasse ingeniosus, ex ordine plebeio non corrupto, amplius corporis, crinibus spadicibus, occulis glaucis. Ad summam, animal sanum cum animo non complicato fuit et verisimile erat ut naturalibus actionibus maximis simplis atque bonis valentibus fruitus esset. Tum, occulis coniventibus, is magis dormire quam diem supremum habuisse videbatur, enimvero autem callidus noster totus compertum mox habuit eum e vita excessisse. Ita, sine dubio, quem iam dudum desiderat H.W., demum cepit, qui est mortuus re vera et optimi generis et maxime promptus ad liquidum, quod accuratissime pro rationibus eius mixtum fuerat ut hominibus esset proprium, excipiendum. Sollicitabamur tamen magis magisque quia mortuum hominem omnino in vita reddidere non verisimile fore intelleximus, sic non potueramus quin grave timeremus ne partim vivens, partim cadaver persistens, monstrum a nobis crearetur. Praecipue diffidebamus et menti et naturae animati hominis, cum ab momento emoriendi ad momentum revivescendi notandum esset partes minusculas plus delicatas cerebri tabuisse. Egomet de spirito mortuorum notiones priscas adhuc tenebam, itaque venerationem habui ei, quippe qui apud Orco fuisset, redituro. Meditabar admiratus eas res, quas hic placidus iuvenis, si vero revivisceret, enarraturus esset de arcanis orbum inaccessorum. Attamen talia mentem meum non obruere poterant, quoniam cum amico in magna parte consensi, cum dictaverat natura ex actionibus corpusculorum esse compositam neque ex aliquo alio. Ille scilicet tranquillior me medicamentum per fistulam tenuiorem in bracchii venam iniicit, continuo vulnerum bene stringit.

Expectare erat asperum durumque, sed Herbertus constantia numquam eguit. Interdum ad pectum stethoscopum applicabat, et Stoicus corporis silentium accepit. Post horae magnam partem, vita tota absente, aestimavit vim medicamenti nihil profecisse, tamen verum, prima spe dempta, dixit: non demittendam esse praeclaram facultatem praesentem, quin mature alio medicamento celeriter facto uteremur. Sane, si forte praeda foeda nostra nos rursus fefellerit, acriter tollenda fore. Sane hoc negotium iam facile praevideramus, quapropter meridiem heri pro proportione cadaveri in cella aptum locum effoderamus, in quo rem nostram prius ponere possemus ut operiremus, quam solus oriretur, ne ullo modo (licuit curaremus ostium curate essent obserandum) quasi nos inopinati bustirapi deprenderemur. Ad hoc, cadaver, vix iam recens, fore ut naribus offenderet cras scivimus. Lampade sublata igitur, in obscuro hospite relicto, in altrum cubiculum festinavimus ubi Herberto medicamentum quam curatissime administrante, ut rursus experiremur, alium componere instituimus.

Rem horribilem inprovisam subito fore non suspicabamur, ego in instrumentum vitreum ex alio liquidum instillabam, Herbertus, aere flammabili egente, lampade acra pro re, *bunsen burner* nomine, adhibebat, cum in altero cubiculo crepero, aliquis iterum atque saepius ideo ululat, ut neuter prius quidquam peius exaudisset. Quippe non peius infandum potuisset si Orcus fores sui reiecisset ut ploratus damnatorum auscultaremus, namque in universo dissono illo erat totus naturae viventis terror, quem, cum desperatione, laves et huiusmodi genus excitare solent, sonitus enim non est qui ex ore hominis esset, non est enim hominis sic clamare. Neve sane commorati summus, ut opera nostra in tenebris exploraremus, neve curabamus nos rogare num eam alius forte offenderet, at statim, instrumenta, velut fistulae lampademque, et basis, omnia a nostra praecipite fuga eversa, directe ad fenestram fecimus, perque eam nos coniecimus in profundum ruris noctis stellantis. Nescio num nos clamaremus, dum per silvam ad oppidum versus inconstanter ibamus, at, nobis perventum, per exteriores vias sic incessimus ut multibibi a comissatione domum regredientes similare possemus.

Nos alter ab altro non discessimus, decrevimus potius una in conclave eius intrare et ibi, lampadibus plenis, susurratores manere usque solis ortum. Deinde, aequis animis ratione proposita uti rursus poteramus, ita ut concilia investigando caperemus. Tum inter diem, cum ad sermones magistrorum accedere neglexissemus, nos dormire placuit. Ad vesperum, tamen, in acta diurna perlecta adnotatae duae res relatae nos ab somnio in futurum intercluserunt. Prima erat, aedificationem fundi cassi, *Chapman Domum*, omnino combustum fuisse, quod facile intelleximus, utpote, cum fugeremus, lampadae eversae sunt. Secunda, sepulcrum in *Agro Figulorum* partim excavatum fuisse, perinde ac si a manibus non telis. Scilicet perplexantur haec verba, quia sepulcrum valde curiose restitueramus.

Herbertus W., postea, per annos septendecim saepenumero respexit, quod gressuum sonitum exaudiret. Nunc a medio sublatus est.

DAEMON PESTIS

Ego illius aestatis terribilis, quae transiit abhinc annos sedecim, cum pestis quasi daemon ab Orca missus avide grassaretur *Arkhami*, numquam obliviscar. Plerique oppidani anni illius ob eodem malo, memorantur, nam vero nemo erat quin terrore, alato veluti vespertilio, impleretur, cum acervas capsularum in cella mortuorum in agro sepulcrorum templi, in Anglice lingua *Christchurch* vocatur, conspexisset. Ego tamen alterius pessimi recordor illius tempestatis, cuius inter omnes, quoniam H.W. iam abest, solus compertum habeo.

Ego et ille diplomatem studiorum adepti, apud universitatem *Miskatoniciam* remansi inter aestalis menses summus ut aliis lectionibus de medicina adessemus. Etiam tunc amicus fama magna habebat ob experientias, in qua causa scientis caedes innumerabilium animalium parvarum fecit ut eos mortuos animare conaretur, quae opera inusitata interdicta sunt ab dubitante Allano H., medico, Decano. Impeditus fuisse igitur videbatur, sed re vera numquam desiit in cubiculo, in locatis insalubribus, alia experientias clam gerere, quin etiam hominis cadaver exhumatum in *Figulari Agro* ad villam rusticam, quam nemo tunc tenuit, quae ultra *Collem Pratensem* sita est, asportavit, sed intus res horrida quidem evenit, quae e memoria mea numquam excedet.

Spectator eram, cum liquidam animando (qua se vitae res naturas recreaturum, utique partim, sperabat) in cadaveris venam iniiceret, male tamen omnia ceciderant, ita ut tandem aestimaremus nos vesanos ob nimium timorem perperam finxisse eas res, quae fuissent, nihilominus postea H.W. numquam ex animo metum vexantem depellere potuit, quod aliquis non visus consequeretur prosequereturque. Infelix fuit nobis cum corpus parum satis recens fuisset, maxime enim interest corpori secundi animando (in quo mens reficiatur) eum ante experientem quam recentissime ultimam horam impendisse. Infelicius tamen tugurio fundi comburendo prohibiti summus quominus cadaver sepeliremus. Melius videlicet fuisset si compertum haberemus eius sub terra iacentis.

H.W., talis factis, propriis studere pro quodam tempore desiit, sed in dies studii fervore rursus magis ardens (namque vir scientissimus natu non diu sciente abhorreat) ministros Scholae Medicinae ut venia daretur utendi et locis operaris et corporibus recentissimis, quae propriis rebus maxume sibi opus esset, flagitare coepit. Incassum autem obsecrabat et Decano ipso decreto favebant constanti magistri, quod in eius propositione animandi cadavera nihil viderent praeter adseverationem errabundam vehementis iuvenis. Licet autem notare eum flavus, gracilium, oculis caerulis, perspicillum ferentem, voce submissa, fuere adeo ut ex hiis nihil ingenii, maximi et versuti, et diabolici quidem indicaretur. Eum tam nunc video quam tunc, et horreo. Austerius ore fiebat, semper aetatulam habuit. Atque iam in asylo insanis accipiendis, *Sefton* vocatur, res mala accidit, quo facto is subito nusquam inveniri potest.

Cum A.H. Decano, medico, in Schola, ad finem tertii anni quo in medicinae nos studebamus, amicus meus indecore in pluribus verbis contentionem egit, in qua probrum habendum, si quando is cum viro illo, qui benignissimus semper esset, componeretur. Indignabatur enim illum praeter necessitatem et sine ratione sui permagnum opum retardare. Putabat: Licere id, per se, in posterum confecturum, sed non consentaneum esse se non incipere operi dum sibi in promptu eximia et instrumenta et locos universitatis. Quod autem hii senatores, qui priscis moribus Scholam curabant, eius experientias praestantes cum animalibus praetermiserunt, negaveruntque eum mortuos animari posse, id magnae nauseae erat iuveni praeclare ratione praedito, paene incredibile etiam. Hic intellecturus, aliquanto provecto in aetate, ubi hoc genere hominum melius usurus esset, mentes eorum, qui magistrorum doctorumque ordinis sint, saeptas esse. Enim vero, illi ex saeculis pudibundis orti, etsi plerumque clementes, semper tamen novis rebus resistunt, personae severae, moribus servant, neque ad res accommodati qui possunt iudicere pro re. Ii homines, qui magis provecti in aetate sint, facilius ignoscere illis piis et incohatis viris possunt, quorum pessimum dici potest, eos maturissime timere. Atqui tandem, pro poena, vulgo ridiculosos habebuntur, quandoquidem, cum autem *Ptolemane* et *Calvine*que faveant, tamen de *Nietzchene* et *Darwine* in unam partem, malam, disputant, et omne genus legis, ne quis septimo die laboret neve quis luxuriose emat, universi observant. Herbertus iuvenis, etiamsi naturae rerum cogitatum eximium habuit, Decanum et collegas sapientes tamen vix animo ferebat et de hiis crescentem iram gerebat, spem etiam per experientias magnificas suarum rationum se illis pudoribus et stultis veritatem ostentaturum. Is, ut est saepius iuvenis, in diei somnio capessivit permultas concilias et ulciscendi vindicandique, et dandi postremo veniam cum magnanimitate.

Sed, hostis subridens exitialisque ex speluncis Tartari malis advenit, dum ego H.W.que studiis defuncti, per aestatem in scholia, ut scientem magis augeremus, remansimus, praesentes igitur cum pestis quasi daemon ira flagravit. Medici novi, etiamsi nobis nondum licuit exercere, tamen sublevere vehementer advocati summus, proquam plus oppidanorum in dies aegrotabant. Discrimen videbatur paene maior quam ut superari posset, tot enim obierunt ut omnes eorum libitinarii accipi non possent, nisi non rite deinceps ea sepelierunt, quocirca autem mortuis accipiendis cella in hoc

templo, *Christchurch*, demum capsulis mortuorum
inconditorum magnopere oppleta erat, quae res
amicum meum saepius acu tetigit, quod, O iniquam,
pestis tam uber tamque fertilis esset, corpora
recentissima superabundarent neque unum suis
experientiis, se ab professoribus iniuste insectatis
vetito, adhibere posset. Nos tamen ab operibus
perquam suppressi summus et is, propter
contentionem et mentis et corporis, aegritudine
saepe, sicut dixi, pensitabat et, pro moribus eius,
lugebat.

Sed eius inimici mites ipso non minus vexati
sunt, quod, Schola Medicinae paene deserta, cum
ceteris medicis, summo labore eis laborantibus e lue
(typho) permultis sciente medicandi subveniebant.
Decanus, Allanus Halsey officium praeclarissimus
perfungens nihil sibi parcuit quin quibus, ad quos
multi alii medici propter periculum et defectam
spem non accedere ausi sint, summa vi ingenii
assideret, et ita eo venit ut inter unam mensem
oppidanis salvator haberetur, etiamsi impavidus
gloriae ignotus esse videbatur, dum in corporibus
mentibusque fatigatus nitebatur ne collaberetur.
Herbertus non potuit quin inimici eius admiraretur
constantiam, ob admirandam ipsam tamen eo magis
volebat demonstrare rationes sui permiras illo viro
ad eas probandas. Is igitur concepit hanc
occasionem conturbationum rerum apud municipali
magistratos, qui oppidorum salutem regebant, et
illos quoque, qui scholam curabant, ut cadaver sibi

contra legem pararet et clam noctu in cellam Universitatis, ubi solitum est corpora insecari, importaret. Ibi, ego praesens, medicamentum aliter mixtum iniecit. Id oculos quidem aperuit et tectum maxime pavescens ita ut putares animum eius in lapidem versum esse, brevi conspexit, deinde e vita desidit, neque cum quoquam stimulare rursus potuimus. H.W. negavit satis id recens. Scilicet aestatis calor cadaveribus non favet. Tum haud procul aberat quin necopini deprehendi simus priusquam id combussimus. Quapropter H.W. Universitatis cella exlex uti se umquam postea ausurum negavit.

Pestilentia maxume exarsit intra mensam Augustam. Nos mortui paene eramus, vero Decanus quidem e vita discessit quarto decimo eiusdem mensis. Sine mora humatus quinto decimo, scholasticis medicinae omnibus adstantibus, quorum sertum certe admirandum erat, at multo minus autem ea ipsa, quam divites et magistratus adportaverunt. Paene caerimonia erat funus, ob eius benignum erga populum. Postea nos omnes, dimissa mente, in potorio in diversio commercio diei relictam partem degimus, ubi Herbertus, licet a morte primi adversarii esset paulo perculsus, frigidum etiamnunc convivium reddit, cum suas rationes infames referret. In horas ceteri abierunt vel domum vel ut varia eorum officia perfungerentur, at H.W. me se comitare proponit suasitque, ut noctem belle degeremus. Domina eius insulae, circa secundam horam post mediam noctem, nos, qui hominem inter nos fulciremus, redire, cum vidisset, marito dixit illos perbene cenavisse bibisseque.

Mulier illa, quae canis linguam consumpserat, fas dicere visa est, cum circum tertiam noctis horam omnes in domo expergefacti essent et, suscitati a vocibus in Herberti conclave raucis, ianua infracta, nos inter ampullas et instrumenta vitrum fracta prostratos, multa iniuria acceptos, iacentes examinatos in sanguineo tapete invenissent, neque hii potuerant qua effugisset ille, qui adortus esset, praeterquam fenestra patefacta, videre, sed quem ad modum ille ipsum bene haberet, cum ex secundo tabulato in horti herbam ipsum demisisset, multi ex hiis dicere haesitaverunt. Iacentia in conclave aliena indutia relicta, de quibus Herbertus, ad animum reductus, ea non propria hospiti esse, sed collecta ut rationem transitionis pestis inter homines aperiret. Iussit ea ocius in foco magno cremari. Postea, is subtrepidans vigilibus: Hospitem convivalem non iam antea notatum et se ipsos, cum in taberna, in oppidi sinu (ubi ea prorsus esset, ipsos memoriam non iam habere) biberent, una in adfabilitatem furere. Nimis videlicet laetos fieri. Ne eum pugnacem prosequerentur.

Alium autem fatale *Arkahami* pessimum eodem nocte exorsum, peste, putavi, peior esse, cum in agro ad mortuos sepeliendos, *Christchurch*, custos quisdam ungulis contrucidatus est, ita ut non solum non describenda res esset, sed etiam ne hominem quidem facile putare posset eum interfecisse. Miser multam noctem vivere conspicatus est, a sole orto infandum illustratum. In oppido vicino, *Bolton* nomine, is, qui circum ibi positum administrabat, interrogatus affirmavit: Nullam sui feram quoquam tempore e cavea aberravisse. Dixerunt, qui in corpus inciderant: Sanguine humum rorare et pro vestigiis id ad cryptae ferre se animadvertisse, ibi se vidisse pavimentum paulo extra portam eodem modo maculatum. Allia vestigia subobscura ad silvam versus ferentia mox defecisse.

Arkhami diaboli, ut videbantur, per proximam noctem, in tectis saltabant, dum ventum furebat contra naturum. In aliquibus domibus secundum stratas vias, ubi oppidani fervebant, nova mala correpsit, quam rem alii dixerunt peiorem esse peste, alii susurrabant pestis ipsius esse animam, quae corpora hominum adsumpsisset. Eo tempore in octo domos id crudele incognitum intravit, et in hiis prius septemdecim obtruncavit quam vastatione sanguinea relecta se furtim subduxit. Nonnulli autem, qui eum in tenebris haud clare viderant, dixit id fuisse candidam rem, vel simium deformem, vel monstrum cedens pro homine. Quibus ingruerat, non toti integri inventi sunt, namque interdum esuriverat. Interfecti ilico quattuordecim enumerati, ceteri autem morbo illo adempti, cadavera iam antea fuerant.

Turmae hominum perturbatorum ductae a vigilibus, persecuta, tertia nocte, in domo in via

Crane nominata, haud procul ab loco Universitatis *Miskatoniciae*, infestum ceperunt. Curaverant inter se ipsos per telephonices stationes signa mittentes, ut venationis consilium omnes observarent. Cum oppidanus aliquid ungulis fenestrae foriculas rasere audissent, re reportata, turmae ocius domum circumvenerant. Ob metum omnes oppidi iam praecaverant, itaque non plus quam duos alios monstrum necare potuit antequam, plumbeo non fatale accepto, petitoribus nihil mali acceptis, captum, et dum adstantes taetrum fastidiebant, ad valetudinarium vigiles festinanter adportabant.

Id enim olim homo fuit, sine dubio, etsi eius occuli spectatorem nauseaverunt, et consimilis simio erat elingui, et maius furebatur quam bestia. Id, vulneribus curatis, in asylum *Sefton* invehi curaverunt, ubi in parietes cum pulvinis extentis ornatos capite per sedecim annos pulsabat, adeo donec nuper damnatum ibi contractum est et, quo modo perpauci mentionem facere velint, effugit. De monstro fastidium pessimum hoc erat eis, qui eum *Arkhami* persecuti erant, ut ore deterso imitationem et malignum mimicum praeberet viri boni sapientissimique, qui timorem non habuit, nec sibi consulit, cum aliis succurrisset, qui abhinc tres dies humatus est, qui vir nemo alius fuit quam benefactor plebi Decanus Scholae Medicae *Universitate Miskatonicia*, Allanus Halsey.

Mihi atque Herberto, ipsi nuper absenti, detestabilis nefariaque summa erat. Ubi nunc, hac nocte, eae recordor et horreo magis quam mane illius diei, cum exaudissem Herbertum per fascias haec verba murmurantem, 'Malum, recens, sed parum quidem.'

24

SEX PLUMBA EMISSA PLENA LUNA

Haud usitatum est e manuballistula sex glandes plumbeas quam rapidissime emittere, cum unam probabiliter satis fuisset, sed ita Herbetus vitam egit ut multae res inusitatae fierent, sicuti rarum est medico iuveni dissimulare rationes, dum domum et tabulam quaerebat, quae autem res sic se habebat. Nos ipsi, cum niveos calculos facultatis medicinae *Miskatoniciae Universitatis* meruissemus et quaestum medicorum generalium, quocum paupertatem nostram levaremus, peteremus, sane curavimus ne indicaremus quamobrem domum et longissimam ab aliis sitam et quam propinquissimam *Figulari Agro* conducere nobis placeret.

Talis prudentia haud saepius videtur sine causa, nostra item, exorta enim ex operibus perpetuis nostris, quae alli certissime fastidivissent. Occulis oppidanorum medici plane eramus, sed, quas res clam efficere volebamus, eae maximae gravissimaeque erant, namque Herbertus totus erat apud tenebrosa regna prohibita ignotaque, in qua, mysterio vitae aperto, cognoscere vellet quemadmodum sepulcrorum frigidum lutum animaret. Tale negotium propria, ita ut dicam aliena, materia poscit, scilicet cadavera recentia, et ut suppeditetur, quisquis debet tranquille vitam agere haud procul ab loco, ubi homines humantur sine officio.

Herberto West amicissimus fui usque ab tempore cum studere medicinae nos coepimus, et primus solusque eius distortas experientias comprobavi. Adiutor in dies adeo fidus factus sum, ut sine me nihil agere posset. Cum scholam excessissemus, comitandum nobis erat. Duo medicos unum quaestum adipisci non erat facilius, tandem auctoritate autem eorum, qui administrabant universitatem, locati summus *Boltoni*, quod ad *Arkhamem* oppidum est, quod habet multas fabricas, ex iis *Boltonia Fabria Lanae Optimae Texendae* maxima est in vallo *Miskatonicio*, cuius operarios, aliis linguis utentibus, pro clientibus honestis medici ibi paulo posthabebant. Domo, vel potius tugurio, curatissime cupideque selecto mercedem dedimus. Ea sex agellos stetit ab proxima, atque in fine viae, *Pond Lane* vocatur, qui ab *Figulari Agro* dividitur ab prato angusto et haec ipsa dividitur in media a minore parte silvae densioris, cuius magna pars ad septentriones spectat. Nos autem ibi magis quam volebamus ab agro distare neque aliter ordinare potueramus, ut propiores essemus, nisi ultra agrum extra oppidi fines, ultra fabricarum locum, habitaremus, alioquin autem locus non displicuit, utpote nemo inter nos et copiam sinistram habitabat. Longius intervallum erat nobis ambulandum, haud optato vero tamen praeda silentia possemus subtrahere nec quemquam offendere.

Tot clientes, contra spe, ab initio adleximus quot, etiamsi copia eorum plerisque medicis iuvenibus gratia contulisset, nos tamen taeduit, cum nostra alia facere multo pluris interesset. Operarii stomachi intemperatique erant, itaque non solum naturae morbo obnoxii erant, sed etiam inter se ipsos assultibus, non numquam cum pugionibus, quocirca multum agendum nobis erat. At hoc nobis maximum erat, quod, officina parva constituta in domi cella, ubi erat sita mensa longa sub luminibus, quae vi invisibile refulgebant, ibi multam noctem in vena cadaveris, quod ab agro supra indicato modo tractum fuerat, medicamentum novum iniecimus. Namque Herbertus W. perquam studiosus erat experientiis multis, ut excitaret quos Mors ad somnium perpetuum transtulisset, at nondum ob distortia impedimenta secundum exceperat, quia singulis cadaveribus medicamento nove concinnato utendum, et quali mortua animalia parva revivisci posset, tali non homines, atque adeo proprium medicamentum multo mutatum singulis horum dandum erat.

Cadavera recentissima requisivimus, quia ea, perbrevi tempore, tabuerunt, praecipue eorum cerebra, et talia sane animationi integratae non profecerunt. Difficile quidem maximum erat nobis satis recentia parare et H. W. malia passus erat cum experientias clam in scholio exerceret et usus est cadaveribus incertae, ut ita dicam, vindemiae. Ea, quae vel partim vel vitiose animavit, saepius peiora et magis distorta erant iis, quae omnino non, quorum taetrorum nos trepidi reminisci summus soliti. Ex eo tempore cum cadaver in fundo illo, in *Pratense Colle, Arkami* in vitam citavissemus, opacum periculum nobis imminere videbatur, et Herbertus W., flavus et occulis caerulis, licuit magna ex parte esset firmus, cogitans sicuti automatum, tamen saepenumero confessus est horride sentire aliquid se furtim persequi. Haec aegritudo parta est, cum, animo paulo perculso, delusus fieret, sed per dies post ingravescebat quia, quod non infitiandum est, e nostris monstris animatis unum tunc vivebat, qui carnem semper devovere volebat, qui in cella cum mollibus parietibus, in asylo *Seftone*, tenebatur. Praeterea, aliquod alium erat, primum a nobis creatum, quae ubi esset, admodum ignorabamus.

Boltani mediocre fortuna nobis cadavera paravimus, multo autem facilius quam *Arkami*. Sic inter septem dies, loco novo conducto, quemdam e necopinato obitum eodem die sepultum rapimus et coegimus oculos aperire circumspicereque praeclaro mente, dum eum fefellit medicamentum. Hoc bracchium amiserat, si autem integrum corpus fuisset, fortasse plus consecti essemus. Postea, usque ad Ianuarium, tres alia paravimus et ex iis primum nihil profecit, secundum acriter se movit neque aliquid aliud fecit, ultimum, subtrepidans, se erigit, sonum non verbum effatum est. Deinde per spatium temporis fortuna nobis non favebat, pauciores enim defuncti sunt et quos fatus genuit illi magis vel morbosi vel saucii vitam deperdiderunt quam ut possemus uti.

Martia nocte quadam tamen corpus nancti summus neque in figuli agro. Etenim *Boltani*, ubi rigida innocentia valebat, ipsum quod pugilati interdicti fuerunt, tanto proderat, quanto putares, utpote aliqui ex operaris inter se ipsos sponte instituerunt secreta certamina, turbulenta, interdum autem qui artis peritia habuerunt, licuit minori aestimanda esset, conducti sunt ab alibi. Duo tales, tempore hiemali, magna nocte quadam, certaverant, sed res perquam male evenisse visa est, quoniam duo homines, in Polonia nati, ad nos accesserunt et susurrantes timide sine cohaerentia imploraverunt, ob casum aliquod mysterium et gravium, ut succurremus. Cum iis ad inanem horreum abivimus, intus pauci e frequentibus remanserant ut turvum humi iacentem intuerentur.

Certatio fuit inter pugiles, alter nominatus Kid O'Brien, est homo nasutus, haud Hiberniae, iuvenis baro, iam quassans, alter Buck Robinson, nuncupatus *Vapor Harlemis*, id est *Harlem Smoke* in Anglice sermone, nunc perculsus, inanimatus, quem facilius decrevimus numquam aliter futurum, qui, addam, odiosus erat et similis simiae magnae, velut bracchia habuit longiora quam hominibus tribuere solita est natura, quae ego non poteram facere quin prora crura vocarem, atque adeo cum eius os inspectarem, in mente mihi repraesentandam ultra tesqua terram, Congo vocatur, plena insolita luna illuminatam et plenam quoque infandorum huius gentis secretorum et quassantem cum tympanis nefastis. Corpus conspicere fuisset multo peius, si vixisset, nihilominus, multae res deformissimae apud gentes sunt. Adstantes inquientes putaverunt fortasse se in huius mortis culpa participaturos, daturos essent igitur supplicum, nisi res celaretur. Gratias itaque egerunt Herberto, cum se recipere id tollere dixisset, sed mihi hoc horrendum erat, nam ad quem finem excipere corpus melius scivi quam volui.

Terra sine nivea tunc illustrata erat lucida luna, dum corpus a nobis vestitum inter nos sustentum per vias prataque deserta portavimus, perinde atque *Arkhami*, nocte illa infesta, alium. Trans agrum, quem supra discripsi, ad domus posticum appropinquavimus, et intus, in cella, eo in mensa posito, ad experientia agenda paravimus. Quantum vigiles timebamus ludibrio erat, quamquam diligenter curavimus, cum rediremus, ut vigilem solum in loco nostro ambulantem vitaremus.

Quod nihil evenit, id nos magnopere fatigavit. Luridum nostrum medicamenta varia candidis commixta in bracchium eius atrum iniecta identidem respuit donec sol in eo erat ut oriri coeperet. Quapropter, sicut alia deposueramus, hoc cadaver trans pratum inque partem angustam silvae iuxta *Figularis Agrum* traximus ad humandum tam altum in humo rigente quam fieri potuit, non multo altum videlicet, nec minus autem quam alium, quod se erexerat et sonum emiserat. Locum ipsum follibus et virgultis lumine lanternis tenue operuimus curatissime, quoad duximus vigiles in silva tam tenebrosa densaque nullum inventurum.

Per proximum diem meditans de vigilibus magis et magis discruciabar, namque unus ex meis clientibus, qui aegrotans accesserat, mentionem fecit aliquos, qui locuti essent de auditione pugni iugulatique, se audisse. Praeterea, eodem tempore, Herberto W. molestum alium inlatum est. Post meridiem est avocatus ut aegrotanti adsedisset, quae res autem sibi periculosa evenit, cum Italia mulier ob infantem annos quinque natum, matutina aberratum cenam non iam petitum, magna ira terroreque elata esset, et signa morbi exhibere coepisset, imbecilla enim cordis iam antea erat. Deliratio stultae fuit, quod saepius aberraverat infans, tamen, ut Italorum rusticorum est, superstitiosa magis valuerunt quam res verae. Circa horam septem a vita discessit et vir eius vesanus factus dedecorum fecit cum Herbertum, cultro prompto, necare conatus esset culpans eum quod eam non servavisset, at amici eum retinuerunt, qui autem maledictos et necandi minas vociferatione clamabat, quasi non homo esset, dum H. W abiit. Homo furens propter novam miseriam filii obliviscere videbatur, qui nondum revenerat, sed etsi alli ut in silva puer quaeretur suaserunt, plerique cogniti tamen cum mortua et viro remanere melius putabant. H. W. quin anxius sollicitusque maxume esset, haud dubium erat, dum oppressus cogitabat quod facinus, aut vigiles facturi aut insanus Italus commissurus esset.

Nos circa una decima hora cubitum ivimus. Equidem non facile cepi soporem, considerabam enim *Boltoni* vigiles pluri aestimandi esse, quam in tam pavo oppido putares, quapropter non poterat fieri quin timerem ne, re acta superiore nocte aperta, turbato nobis foret. Fortasse in oppido nullum negotium rursus acturos liceret nobis, carcerem etiam nos accepturum. Sane rumores expediti de pugna non grati mihi erant. Horologium tandem tertiam horam enuntiat, tunc maxime lux lunae oculos complet, fenestram autem non tego, potius me converto. Deinde posticum moderate quassatum exaudio.

H.W., dum haereo dubitans, forem leviter pulsavit. Accedi. Inveni eum crepidatum, pallam gerentem, manuballistulam alta manu, lanternam alta tenere, ex hoc intellexi eum magis timere Italum insanum vigilibus.

Demissa voce, 'Melius,' inquit, 'nobis erit una adire. Debemus quidem, si cliens nos petat. Nostri stulti sunt, qui posticum accedant.'

Itaque suspendo pede gradus descendimus, partim timentes aliquid firmum, partim ne conticinnum aliquid contra natura produxisset. Idipsum ad posticum coruscum maius se applicavit. Adgressi, posticum caute reseravi, incaute patefeci.

Luce lunae forma delineata erat, et Herbertus W. inopinatum statim fecit, etiamsi periculosum esset, quandoquidem sonitu animadverto ocius venissent interrogatum vigiles, (hoc tamen ad postremum vitavimus, quoniam locus nostrum non mediocriter est remotus). Amicus autem meus fuit permotus, plus quam utile erat, sic sex glandes plumbeas in noctuabundam advenam immiserat.

Advena, nempe, neve Italus insanus neve vigil fuit, potius in limine immensum deforme formum, quod omnino non effingeret sana mens, praeter quam fortasse in somnio malo, nam habens oculos hebetes, corium coloris veluti atramenti paene ab quattuor pedibus erat sustentum, et ab solo, follibus, sarmenta contaminatum, et cruore oblitum, et demum inter dentes nitidos tenuerat parvum miserum cylindum, niveo colore, cuius altrum extremum erat minuta manus.

QVIRITATVS MORTVI

Quiritatus mortui cuiusdam me redidit timidiorem Herberti West medici, qui acutus timor posteriorem sodalitatem nostram sollicitavit. Nempe quiritatum mortui quilibet horret, non cuiquam enim huiusmodi res vel grata vel solita est, attamen similibus rebus saepenumero usus sum, itaque hac occasione oppressus sum solummodo quia aliquid novi necopinatus accepi, atque, ut modo subieci, non mortuum ipsum timebam.

H.W., cuius et minister et collega eram, res naturae consequebatur, quae multo distiterunt ab negotio cottidiano medici vicani, ideo *Boltoni*, consedens domum remotam et in propinquo *Figularis Agri* exquisiverat. Paucis et ne urbane dissimulem, eum fuere totum in secreto studio vitae mortisque et ea maxume interfuere quemadmodum, iniciendo medicamento excitante, mortuos animaret. Caput autem foedissimorum eius experientiarum semper erat recentissimorum copiam cadaverum constantem habere, vero recentissimorum, quia tempore brevissimo putridum eorum cerebellum est redditum, per quod inutile semper factum corpus, atque adeo hominum necesse est cadavera, quippe cum ad alia animalia quaeque alium faciat medicamentum. Innumerabilia sane eorum pava immolata sunt, velut cuniculi, simioli et alia etiam minora bellioraque, ut ea mederetur, at nihil haec medicamenta ad homines animandos pertinuerant. Nondum quidem hominem mortuum omnino animavit ille, satis recentibus semper eguisset. Hii profecto erant, quos vellet, ut quam nuperrime extincti esset, nam si opportune cecidit, quod in cadavere omnes minutae partes erant intactae, ita remedium accepere potuit ut se rursus moveret, id quod vitam vocabatur. Speravit Herbertus se etiam novam et secundam vitam artificiosam rediturum infinitam, si medicamentum identidem iniceret, sed mox intelleximus per peritam eos, qui iam spirarent, nos non mederi posse, quoniam vita naturalis prius exstinguenda esset, quam corpus a medicamento cieri posset. Licuit valde recentissimum necesse esset corpus, sine dubio, mortuum.

Magnificum hoc facinus coepimus *Arkahami, apud Miskatoniciam Universitatem*, in Medicinae Schola, cum vitam in mechanicis neque aliquo alio consistere primum inciperemus admodum credere. Hoc fuit abhinc annos septem, per annos sequentes tamen ille in aetate vix die uno provectior videbatur, nam in forma perstitit gracili et erat flavus, neque habuit bardam, adhuc perspicillis utens, neque cum magna voce umquam dicens, denique erat nihil indicare (nisi interdum ab intentis oculis caerulis) ingenium eius, multis in experientiis infandis commisis, durius et plus fanaticum magis magisque crescere. Magnopere passi summus res deformes ultra naturales, cum, variis medicamentis iniectis, perperam glaebas et morbosas ex sepulcrorum agris animavissemus ac patravissemus res mentes non habentes, qui autem se movere possent.

Unum ex illis experrectum ululaverat ita ut permagno trepido afflicti simmus, alium exorsum vi nos aggressum vapulatos insensilesque reliquit ut qui in sanguine homicidioque alibi luxuriaret, hoc autem monstrum deprensum in asylo continebatur, alium quod admodum taetrum erat orsum ultra tesqua, quod in humili fovea depositum se cum ungulis eruerat et aliquid haudquaquam dicendum commiserat. Illud exitialibus plumbis concidendum Herberto ipso. Non poteramus adimere corpora satis recentia, quae etiam animata rationem ne minimam quidem haberent, et sic, quae non sunt nominanda protuleramus. Inquieti eramus scilicet, quia unum, fortasse duo aliorum monstrorum iam vivere putari poterat, et nobis putare erat sollicitari veluti ab umbris, dum H. W., apud res diras atrocesque, postremo omnino evanuit. At eo tempore, cum corpus *Boltoni* in tugurio remoto striderat, minus terrebamur quam avidius volebamus parare nobis cadavera recentissima. Herbertus me magis adseverans eo studii venit ut consideraret appetens quemlibet validissimum occulis obliquis.

Fortuna nobis mense Iulia, anno millesimo nongentesimo decimo, in negotio cadaverum legendorum, tandem favere coepit. Ego in civitate,

Illinois nomine, ad parentes fui, et reventum mihi H.
W. laetus ultra morem dixit: Quid prohiberet ne
corpora animarent, tabes, ab ea fortasse modum
omnino novum arcendi invenisse, id quod corpus
artificiose condiret. Ego scilicet iam antea sciebam
eum concinnare aliquid novum et inusitatum ut
cadavera condideret, neque quidem quod id bene
effecerat sum valde admiratus, sed donec me
certiorem de re fecit, vix tenere potui, quid id
novum nobis auxilio posset, cum cadaverum tabes,
tam molesta nobis, fieret ob moram priusquam ea
caperemus. Tunc, intellexi, eum negotium facilius
prospexisse, cum eius liquidam condiendo ut ad
posterum adhiberetur, fecisset, fidentem Fortunae
habentem, ea nobis rursus suppeditatura fore alium,
quod non esset humatum, cadaver, perinde ac
abhinc aliquot annos illum atrum pugilem necatum
in pugna *Boltoni*. Dixit: denique iam Fortuna erga
nos beneficia se praebuisse, namque in cella secreta
corpus iacere, quod nullo modo marcescere
potuisse. Quidnam, eo animato, eventurum et num
et ratione et mente corpus usi posset, non se ausum
praedicere. Haec autem experientia discrimen
insigne futura esse, quapropter, dum advenerit,
corpus conservavisse ut conspicerent, ambos
participantes ut saepenumero in tempore praeterito,
quid esset prorsus eventum.

Tunc demum quemadmodum se corpus nanctus
esset enarravit: Id fuisse hominem vegetum et bene
habitum, qui ex itinere in via ferrea trans oppidum

ad negotium in *Boltonia Fabria Texendi* agendum pedibus festinare, qui diu ambulavisse, incertum quam partem ei petendam, ad domum nostram accessisse, ut rogaret, at per sermonem tandem valde defessum fieri, laborare coepere e corde. Aliquid, quod lethargum tolleret, repulisse, paene simul ac delapsum animum expiravisse. Hoc corpus, ut putares, Herberto a diis missum esse videbatur. Peregrinus vivens, dum paucis de se dicebat, certiorem Herbertum fecisse neminem *Boltoni* ipsum novisse. Compertum H.W. habuit, vestitum cum rimatus esset, nomen eius fuisse Robertum Leavitt, ex urbe vocata St. Louis, et ei familiares desse, qui eum amissum acriter conquisituri essent. Nisi hunc animaverimus, neminem experientiam detecturum esse. (Materiam inutilem nostram in silvae densae acie, quae est inter domum et Figularis Agrum, humare soliti summus). Quod si secundum fecerint, gloriam magnificam immortalemque seipsos habituros. Itaque seipsum in corpus sine mora liquidam condiendo iniecisse, ut usui futurum esset utcumque mihi reventum. Quod cor imbecillum detrimento aestimandum erat, id eum nil morari videbatur. Speravit, id quod nondum perfecisset, tandem hoc cadaver animatum aliquantam rationem habiturum, viventem fortasse sanum fore.

Nos, eadem nocte, Iulia mense duodevicesima, anno millesimo nongentesimo decimo, corpus pallidum a lumine potente illuminatum in mensa iacens inspeximus. Adeo liquida condiendo singulariter effecerat officium ut, dum admiratus corpus robustum post dies quattuordecim vacuum rigore mortis intuebar, mihi necesse erat ex Herberto reposcere, num id vero mortuum esset. Libenter professus mortuum esse, me admonuit mortuum curate probandum esse, quod vita prima medicamento nullo modo obnoxia esset. Tunc demum experientiam instituere coepit. Demirabar experientiae novae tortuosa immensa, sane tortuosa tam immensa ut manui aliae, quae sua minus esset agilis, fidem habere non posset. Is iussit me non tangere corpus, et liquidum alium quiddam in locum iuxta altrum ubi primorem manus liquida condiendo iniecerat, iniicit. Sic fecisse, dixit, ut hoc liquidum ad nihil illud redderet et magis efficax animando medicamentum reddere. Mox membra corporis aliquanta mutata paulo tremere coepit. Statim H.W. pulvinum genus cuiusdam ad faciem formicantem vi celeriter applicavit neque removit antequam cadaver tandem immotum videbatur et dignum esse, quem animare tentare possemus. Nunc pallidus fanaticus noster haud studiose exploravit corpus, ut vitam admodum non inesse haberet compertum, ab nulla inventa sic persuasus discessit. Tunc demum medicamentum animando, quod post meridiem multo curatius paraveramus quam id in prioribus diebus, in schola, cum incerti ob novas fuissemus, iniicit. Non possum nunc dicere quanta anxietate, (tanta vix spirare ausi summus) nos expectaremus aliquid ex hoc primo summo recentissimo cadavere, primum quidem, dummodo experrectum fuerit, id satis sperare potuimus verba per labra rationis emissurum. Fortasse etiam dicturum quid ulta abyssum inscrutabilem conspexisset sensissetque.

H.W. erat is, qui animum sine naturalibus actionibus exsistere negavit, itaque nulla de mysteriis foedis, quae in angustis cavernisque essent intra Orci fines, se umquam ex animato auditurum putabat. Ego non rationibus eius consideratis omnino dissentiebam, atqui aliquas religionis prisci partes incertas mei maiorum retinebam, ita ut non posset fieri quin corpus, cum intuerer, aliquantulo vererer et ex illo aliquid terroris nolens volens sperarem. Praeterea e memoria non poteram depulisse infandum inhumanumque stridorem auditum a nobis in fundo deserto *Arkhami*.

Vidi, inter brevissimum tempus, experientiam non omnino fallere. Paulum rosei coloris in ore pallido provenit et sub subrufam barbam et novam et, admirabile erat animadvertere, amplum, se pandit. Herbertus, ut pulsum inveniret, primorem sinistrae manus iterum ac saepius tenuit, cum eius indicium notat, paene simul spiritum in speculo, quod ante corporis os inclinatum erat, videtur. Brevi tremores aliquot exhibet, denique spiritus in pecto et apparet et auditur. Cum in palpebras intuerer, eas paulo quassatas putabam. Occuli subito aperientur qui sunt caesii et placidi et viventes, verum tamen nondum quidquam adest rationis, neve studium quidem noscendi ii praebent.

Ex arbitrio meo absurdo adloquens non surdas rubescentes aures, quas res alterorum mundorum iam fortasse recordetur, rogo. Rogata mea a terroribus subsequentibus e memoria excussa sunt, praeter ultima verba, quae, ut credo, repeto: Unde venias? An, necnon responderet nescio, quoniam ex ore concinno sonitum audire nequeo, sed scio me simul videre labia tenuia moveri, perinde ac si dicere velit, "Modo iam." Siquidem haec verba ad res praesentes pertineant. Tunc tamen, ut dixi, quod cadaver et in vitam reducta et aliquid rationis erat effatum, quod semper permagnum studium nostrum fuit, maxime gaudeo. Proximo momento, nihil dubii est, quin victoriam reportare possimus, quin medicamentum quidem perfecisset omnes, quas semper iam vellemus, etsi brevi. Attamen, dum gaudeo, summo ex omnibus horrore afflictus sum, non ob quod corpus dicturum, sed potius ob facinus foedum, modo spectato, atque ob hunc virum, quocum eram medicus consociatus.

Nam hoc recentissimum corpus, torquens et terrificans tum revixit, et, occulis patefactis cum metu ultimae rei, quam in hoc orbe viderat, manus desperans proiecit, ut si se a mortem arceat et, antequam denique in secundam vitae oblivionem, ex qua nemo dum revenit, delabitur, stridorem effert, cuius verba cerebellum meum laborans semper geret: 'Succurre. Apage in malam rem, gilve damnate homuncule. Amove ista fistula.'

INFANDVM E TENEBRIS

Res terribiles depravataeque, quae non scriptae, in agris ad *Flandriam* in bello magno fierent, multi enarraverunt, et ex hiis, ob nonnullas auditas animo delapsus sum, nonnullae me magis nauseaverunt quam ut ferrem, ob nonnullas tremendum mihi erat et in tenebras respiciendum, at credo ne pessimae quidem earum, peius esse hac depravatione summa, de qua enarrare solus possum, quod est illud percellens, portentosum incredibile *infandum e tenebris*.

Anno millesimo nongentesimo decimo quinto medicus eram et primus legatus legionis, quae in *Canada* dilecta fuerat, in *Flandria*, inter multos alios Americanos, qui antequam res publica bellum indixerat, immenso certamini illo interesse coeperunt. Non autem mea sponte ibi eram, sed cum ad militum ivisset Herbertus West, celebratus chirurgus, qui proprias artes exercuit *Bostoni*, me maximum ei necessarium oportuit item facere. Ille erat iam cupidissimus proprias agendi in quovis permagno bello, qui illam facultatem nactus, me paene invito, auctoritate utens, illuc contraxit. Aliquas habui tamen, ob quibus nos separari a bello ego maluissem, eadem erant cur medicinam cum eo exercendam esse, atque ei morigerandum ferre minus minusque poteram, verum tamen ubi iter fecit *Ottawam* et ibi ab auctoritate collegi cuiusdam, tribunus, qui medicum exeret, militum factus est, non poteram obniti imperium eius, qui firmissime adseveravit ut ego minister solitus comitarer.

Ubi Herbertum studiose velle proelio interfuisse dico, nego eum umquam vel bellicosum fuisse, vel etiam curam humanitatis fovere voluisse. Is tamquam machina, durus mentis, semper consulto nec sentiendo vivebat, vir gracilis, flavus, caerulis occulis, perspicillis utens, me, credo, qui interdum rei militaris studerem et inertia aliarum nationum, quippe quae eo tempore medium gererent, insectarer, clam superbeque posthabuisse. Erat nihilominus aliquid in *Flandriae* proeliaribus agris, quod is cupivit, quod, ut haberet, pro militare homine cedere non fastidiret. Id vero volebat habere, quod perpauci voluissent, sed pertinuit ad partem sibi propriam medicinae, quam clam delegerat ad exercendam, et quacum admirandas, aliquando pravissimas res protulit. Postremo, quod avide lubuit habere erat nihil praeter quam magna copia hominum nuper interfectorum, quolibet modo membratim divisi fuissent.

Herberto W. opus erat recentibus cadaveribus, quia mentem per totam eius aetatem iam intendebat ut mortuos animaret, quas res ii, qui honestissimi eius clientes *Bostoni* (nam eo migraverat) qui famam ocius auxerunt, omnino non sciverunt, sed mihi scilicet aliter erat, quod amicissimus et solus eius minister eram ab prisco tempore, cum apud *Miskatoniciam Scholam Medincinae* studeremus *Arkami* et is infande experiri coeperet primo ut parvula animalia, paulo post ea necavisset, animaret, deinde homines, qui naturae dedissent, a nobis indecoris paratos. Animandi liquidi hoc requisitum enim erat, ut in nuperrime defunctarum venas iniectum esset, quodsi corpora erant haud satis recentes, portenta sunt expergefacta. Hoc medicamentum sibi erat laboriosum arduumque invenire, quod singulis proprium commiscendum erat. Cum iam de illis, quae animata essent manca ob vel mediocriter miscenda liquida vel minus recentia cadavera usa, Herbertus meditatus est, res non nominandas cum terrore sentiebat se persequi. Ex iis pauci etiam iam vivebant, unus in asylo mentibus deficientibus retinebatur, alli quidem e medio toti discesserant, quapropter dum res verisimiles atqui propemodum impossibiles considebat, is contra sui personam, tremebat, tamquam aere frigido afflictus.

H.W. scilicet mature intellexerat valde recentissima cadavera summa utilia animando esse, itaque moribus corruptis se gerens contra naturam mortuos arripere coeperat. Tempestate ubi medicae studebamus ac medicinam *Boltoni*, multorum oppido fabrorum, una exercebamus, eum in maiori parte admiratus fascinatusque colui, at eo magis ausus est, quo magis eum metuebam, perinde ac si, ita ut dicam, timor ipse me roderet. Mihi erat odiosum quemadmodum sana corpora viventia saepius conspexit. Deinde infandum accidit in cella, in qua medicinae nostra opificina sita fuit, quo in loco intellexi exemplum quoddam vivum fuisse cum eum H. W. comparavisset. Primum fuerat corpus animatum quod aliquid rationis praebuerat, atque hoc, per tam formidolosum factum secundum, percallescuerat eius animum.

Iam, qualibus inter quinque annos sequentes rationibus uteretur, non audeo tales dicere. Cum eo consociare per vim timoris coactus, conspexi quales a lingua neminis referre potuisset. Gradatim Herbertum formidarem magis quam quidquid ipse fecit. Tum demum intellexi eum, qui olim scientiam in vita producenda usitatam excoleret, de animo sano subtile depravatum fieri et magis rebus morbosis, animi soli causa, studere coepere atque aliquid venusti amoenique in funestis clam sentire. In paucis, studium bonum redderetur malum et se perverse tradidit ad res, quae et contra naturam et malignae foedaeque erant. In artificiosorum aspectum monstrorum oculos tranquille pascere solitus est, qualia, si conspecta fuissent a maga parte hominum sanorum, ob terrorem fastidiumque mortui delapsi fuissent. Ad summum is castus philosophus simulans, re vera erat vel, ut ita dicam, urbanus *Baudalaire* quidam, non tamen versos effundens, sed scientiam naturae augens, vel etiam sepulcrorum languidus Elagabalus.

Pericula subire, facinus committere, aequo animo

solitus est. Credo eum existimare summum effecisse cum animatum hominem mentem habere posse demonstravisset, postea igitur nullas novas petere posse, nisi se partes abscisas e corporibus animaret. Is immodice aliterque quam ceteri putabat minutissimas partes corporis, et fibras quoque, excisas vitam propriam exhibere posse. Depravationes aliquot eiusmodi quidem mature producere poterat, cum caro immortalis artificiose aleret, quae ex ovis nescio cuius reptilis exoticissimi extraxisset simul cum coissent. In maximum negotium habuit ut duas res naturalis vitae comprobaret, prima erat num quodlibet mentis forte exstaret sine cerebello, sed potius ex spina fibrisque procedere posset, secunda, num inter disiunctas viventis corporis partes aliquid intangibile mentis ferretur. Plane ut responsa caperet, recentissima trucidata corpora innumerabilia requisivit et hoc fuit demum ut magno bello illo interesse placuisset.

Quod phantasmaceum erat et ineffabile, id exeunte Martia anno millesimo nongentesimo decimo quinto evenit de media quadam nocte in nosocomio militibus ad tempus facto pone aciem, quae erat ad locum sanctum, Eloi nomine. Meditans etiam nunc me rogo, num quid potuisset esse praeter tale, quod daemonis in somnio febris videri potest. In illo aedificio, simile horrei magni, Herberto. W. propria pars ad solis ortum spectans attributa fuit, quandoquidem exercitui ducibus affirmaverat se sperare desperatorum mutilatorum, qui adhuc omnino non potuissent superesse, novis modis excogitantibus fata prolaturum. Tamen in hoc loco uti in laniena operabat, neque interim ego ei ipsi tam hilaro, cum tractaret quasdam et digereret, facile morigerari potueram. Aliquando summa arte, is chirurgus, militibus manum mire adhibuit, at multo sibi iuvit res agere, quae minus essent videnda neque haberent quaequam gratiam humanitatis, quae res sonitus insolitos apud immensum bellum tam tumultuosum, sustulerunt, quos complures ob varias alias causas faci dicendum ei, at inter illos sonitus plumbea glans e manuballistula emissa saepenumero erat exaudita, quid singularis res etiam in hoc tumulto immenso, etiamsi haud rara in proelio, in nosocomio erat rarissima. Exempli Herberti animatorum numquam tales erant, quales vel diu vivere debuerunt, vel ab ceterorum oculis videri. Is non solum carone hominum, sed etiam magna copia reptilium, quae in ovis coit et ipse coegit crescere modo admirando, utebatur. Haec melius carne hominium profecerat in frustis, quae partes quasdam, sicut cordes et renes, non habuerunt, ut aleret, id quod amicus meus summum sui opus duxit. Igitur in angulo tenebroso, super foculum alienum incubans, in suspensa cortina operta, abundantia huius carnis reptilium, ut ei delectavit habere, foede crescebat et scatebat distorquens.

Ea nocte, de qua dicere iam coepi, cadaver egregium excipimus hominis qui validissimus et tali

ingenio ornatus fuit, ut alacria fibra minuta nobis
pro certo id praebiturum esset. Haud scio autem an
ludibrio Deus nobis dedisset hunc hominem,
quoniam per ipsius auctoritatem Herberto W. locum
legati in exercitu attributum fuit, praeterea
quoddam is, adiuvante Herberto, clam aliquae parti
animandae rationi studuerat. Hic vir, Tribunus
Militum, eques, Ericus Moreland Clapham-Lee
O.I.V. (ordo insignis virtutis) nomine, fuit
clarissimus chirurgus legionis noster, et ad partem,
Sancta Eloi nomine, ubi eramus, cum certiores facti
duces essent ibi grave proeliari, propere iussus est
iter facere, quod volando fecit cum gubernatore
intrepido Ronaldo Hill, praefecto, atqui prius terram
tetigisset, supra loco quidem ipso, quem petebat,
decisus est. Casum erat horribilem spectare. In
fracto vehiculo uterque inventus erat, adeo
Ronaldus mutilatus fuit ut nemo eum agnoscere
posset, clarissimus chirurgus autem, etsi caput
paene praecisum fuit, alioquin tamen integer erat.
Herbertus amici corpus et docti socii quod fortasse
semper gestiebat arripere, arripit. Egomet horreo,
dum is caput ab cervicibus tandem amputatum, ut
ad futuras experientias conservaret, in cortina
Tartarea repleta pulsate reptilium carne imponit,
truncum in mensa iacentem tractare incipit,
continuo sanguinem integrum inicit, venas et
magnas venas et fibra minutissima in vulnero
cervicium eas inter se ipsas iungit, in hians foramen
deforme cutem e nescio quo milite, legato deglupto,

ut operiret, insuit. Ego tum intellexi eum velle compertum habere num truncus ille eximiae compagis aliquid praeclarum propriumque animi Erici Moreland Clapham-Lee O.I.V. exhibiturum esset. Hic truncus taciturnus, qui, ubi integer homo fuerat, corporibus animandis studuerat, nunc illius rationis ipsius ut exemplum exponeret, foedo modo, evocatus est.

Videre ego etiam nunc possum H. W. sub lucerna infausta liquidum animando in trunci bracchium inicere, id quod aliquid describere non possum, si conatus ero, ex animo laber, etenim dementia exsistit in quovis loco, qui plenus sit rerum digestarum leti, ubi per pavimentum limosum fluat cruor immixtus cum partibus minoribus hominum, tam altus ut pedes operiat atque ubi sint detestabiles reptilium res pullulantes et scatentes coquentesque in cortina seposita in angulo valde tenebroso supra larvae simili flamma micante.

Corpus, Herbertus W. dicavit, praeclaras fibras minutas habere. Id multum polliceri putabatur. Itaque, ubi primum, liquido animandi iniecto, truncus se paulo quassare coepit, ille fervide oculos intendit, volebat enim magis magisque, ut censeo, comprobare vim sentiendi et putandi et e moribus agendi sine cerebro omnino exsistere posse, et homines sic esse, qui singulas animas non haberent, potius illos esse machinas, quarum partes quisque, e fibris minutissimis compositae, se agerent. In eo, igitur, erat H.W. triumphans, ut arcana sacra vitae ad fabellas redigeret. Nunc truncus magis se quassabat et sub intentis oculis nostris anhelitus terrificos capere coepit, bracchia moveri, crura contrahi, musculi varii torqueri, quae foeda visu. Deinde manus, signum erat sine dubio desperandi, porrexit, et hoc quidem aliquid rationis demonstravit Herberti atque eius sententias, de quibus supra mentionem feci, plane comprobavit. Certum erat fibras minutissimas trunci recordari ultimo contentionis momento ut e vehiculo cedente se extraheret.

Quid postea occurrisset, nihil pro certo umquam habere potero. Fortasse vidi somnium, quod in me perculsum ictus nescio cuius tigilli intulerat, cum proxime subito, copiis telarum hostilium emissis, aedificium esset omnino confractum. Quis est qui contradicere possit, cum ego H.W.que soli profecto cladi superfuerimus? Id erat quod Herberto placebat putare, utique quoad is exitum habuit, sed interdum is ipse non poterat, utpote insolitum erat nos utrumque idem somnium videre. Taetrum ipsum autem simplex erat, notandum iam est tantummodo propter id quod significat.

Truncus enim a mensa consurgit et caecus, manibus extentis, horribile tentare incipit, cum sonitum exaudivimus. Hunc vocem autem non debeo discribere, nam terribilius erat quam ut possim, verumtamen huius sonitus qualitas non pessima res erat, neque quid dixit, quae verba erant haec, 'Sali, Ronalde. Dei gratia, sali.' At potius infaustum erat locum, unde vox venit.

Venit enim e cortina magna et operta in larvato angulo repentium atrarum tenebrarum.

SEPVLCRORVM LEGIONES

H.W. cum abhinc annum e media sublatus esset, me *Bostoni* vigiles accurate sciscitaverunt. Illi putabant me tacere, fortasse me facere peius, at quae res accidissent non poteram dicere, quod eis non credidissent. Illi quidem sciverunt res abominandas, quibus cives vix fidem habere possent, ad eum attinere, quia eius experientiae de mortuis animandis tot et per tam longum tempus actae erant, quam ut omnino occulta esse potuissent. At in ultimo animi percellendi discrimine tales res vidi, commenticias quasi a demoniis, qualibus egomet ipse vix credere possim.

Ego iamdudum Herberti summus amicus, solus familiaris ministerque fui et ab initio, ubi comitare coepimus, dum medicinae studebamus, particeps in terribilibus eius quaerendis. Per gradus liquidum valde conatus est iterum ac saepius perficere, quod in venas iniectum vitam recentium mortuorum restitueret. Haec vero opera poposcit illorum magnam copiam, quapropter abominanda nobis committenda, magis autem detestanda erant illa, quae mortua fuerant, horrenda carnis massa, quas H.W. excitavit, caeca, amentia, foeda vivebant. Videlicet ut aliquid mentis animatum haberet, nihil morae inter mortuum et novam vitam exsistere poterat.

Quia cadaveribus praecipue recentibus, cerebelli partibus subtilissimis non dissolutis, Herbertus semper eguit, mores eius deteriores facti sunt, gravissimum enim semper erat ea adipisci, sed die quoddam unum cepit, dum adhuc id vivens et sanissimus homo est, qui a certamine et ab iniecto per acum liquido magnae efficientiae somnifero, conversus erat in cadaver quam recentissimum. Experientia illa secunda evenisset, memorabile temporis spatio quamquam breve, sed ob hoc facinus, callus animi redditus est et plane oculorum durus, quibuscum taetris versutisque interdum homines sanissimos ingeniososque maxume considerare solebat. Ego tandem coepio magnopere timore, cum is eodem modo me quoque aliquando contuerebatur. Alii nihil huius aspectus animadvertere videbantur, sed certe aliquid mei timoris, quocirca postquam is evanescit, mos in suspicionem eorum ludicram veni.

Sed Herbertus profecto me timidior erat, res enim consequens quaerensque, quas turpes ceteri putarent, furtim igitur vitam agere lucifugus cogebatur et omnem umbram metuere. Vigiles aliquanto timuit, sed interdum res altiores incertioresque hiis, quoniam nonnulli ex hiis quae iniecta sunt cum eius liquido, quae non describenda morbose viventia post animaverat, ad infernas remissa esse non vidit. Consuetudo enim eius erat experientiam quamque cum manuballistula finire, at aliquotiens segnior fuit quam ut ad tempus exitiale plumbeum emisisset. Inter has, res supererunt sicut quae sui ipsius sepulcrum ab ungulis incidere visa est, alium fuit cadaver *Arkamii* professoris, quod animatum commisserat facinora anthropophagi antequam comprensum *Seftoni*, ab nemine agnitum, in asylum insanis retinendis in cellam propulsum est, ubi parietes per sedecim annos pulsabat. De maiore parte cetorum, qui fortasse supersint, minus facile narrare possum, cum per posteriores dies eius studia scientiae degeneravisset in cupiditatem faciendi morbosas et portentosas res, quae fuerant vel partes hominum singulae vel partes coniunctae cum carne non hominum, quas is peritissimus operose animavit. Negotium eius fuit omnino foedum factum per tempus antequam ex media sublatus est. Multae ex experientiis illis palam possint ne oblique quidem describi. *Magnum Bellum,* quo interfueramus nos chirurgi, ad peiora, quae iam in eo totus inerat, magis inclinaverat.

Ubi dico Herbertum incertissimas res timere, volo dicere timorem eius fuisse multiplicatum, utpote timens intelligebat monstra illa non nominanda et exsistere et, si quando res contra se futura erint iniquae, sibi posse nocere. Ea maxume timuit, quae omnino evanuerant, dico, sciebat ubi solummodo animatum esset, quae erat res misera in Asylo. Addo quod alius quoque, sed subtilior timorem quemdam habuerat, cuius phantastici causa erat experientia, quae fuit instituta anno millesimo nonagesimo decimo quinto apud exercitum *Canadianum*, cum H.W., proelio magno ardente, Tribunum Militum, equitem, Ericum Moreland Clapham-Lee O.I.V. animavissset, qui vir medicus experientias sui sciebat et de eis conscius doctusque potuisset eadem conficere. Caput huius viri praecisum est, ut comperiretur num truncus solus partim ratione se agere posset. Dum res agimus, locus experientiae a balista Germanica confractus est, hoc verumtamen bene nobis contigit quod prius videre potueramus truncum moveri, perinde ac si mens dirigeret at, eodem puncto, incredibile dictu, nobis nauseantibus certum erat caput in angulo opaco vocem fecisse. Maxume proderat, fortasse, et gratias nos habere debuimus, quod balista hostium omnia everterat, tamen H.W. numquam tantum certum habere potuerat, quantum volebat, nos duos solos duobus monstris superstites esse. Is consuevit interdum horrore coniectare, quas res efficere medicum legatumque illum sine capite posset, cui scientia esset animandi mortuos.

H.W. habitabat, paulo prius ab medio arreptus est, aedes *Bostoni* lautiores, prospicientes agrum sepulcrorum, qui eiusmodi locus est in urbe inter antiquissimos, quae sibi delectae sunt, quia gusto animoque sui phantastico placuerunt, non quod copia cadaverum prope locum offerretur, cum e magna parte horum in tempore colonico ibi humata essent et igitur virum scientissimum, qui ea sola recentissima valde peteret, videlicet fefellissent. In aedibus, in parva cella habebat officinam, ut quae non palam esset instructa, structoribus extra urbe conductis laborem mandaverat, atque in qua ponendum curaverat immensum furnum, ut sine aegre vel cadavera vel partes cadaverum vel etiam animi profani causa et ludibrio facta monstra deforma relicta, experientiis perfectis, comburere posset. Dum autem cellam structores excavant, in antiquissimam structuram incurrerant, quae putanda erat partem agri sepulcrorum, sed altior quam ut unum ex hiis sepulcris esset. H.W., de structura aliquotiens computavit, exinde censuit eam esse partem cellae secretae sub adytis familiae Averils, ubi ultimum corpus depositum fuisset anno millesimo septingentesimo sexagesimo octo. Me adstante, is structuram a pallis rastrisque apertam, nitroso destillante, structurum considebat et scilicet paratus sum, ea perfracta, aliquid horridum abhinc saecula multa ibi conditum videre, atqui, id quod numquam prius factum est, eius timiditas studium noscendi novas vicit atque demonstravit quanto ab audacia descenderet, cum iuberet structuram integram gypso obduci. Sic autem relicta unum parietum cellae suppeditavit, utique usque ad ultimam noctem infernam. Dixi fieri Herbertum deteriorem, at decet addere eius, sicut mens, intangibilis partem tantum mutam fuisse, oculis enim species perstitit intacta, macilentus adhuc erat, tranquillus, duro animo, flavus, caeruleis oculis, perspicillis utens neque ullo modo plus provectus in aetate umquam, vel ob annos vel timores, videbatur. Videbatur etiam tranquillus dum meditabatur de sepulcro cum ungulis aliquanto scalpto et respexit, etiam ubi meditabatur de hac re, quae vesci semper desideret carne humano, quae cum manibus et dentibus conaretur ex asylo *Seftoni*, erumpere.

Herberti W. ultima nox incipit dum sedentes nos in tablino ad me et actam diurnam invicem oculos curiosos applicat. E pagina corrogata de insolita re aliquid scriptum, quae notandum esset, animadvertit, et sic describam, ut si poeta sim, eum sentire non nominandum immensumque quodam visum esse trans sextus decimos annos ungues, ut eum peteret, porrexisse. Aliquid facinoris enim *Seftoni*, qui locus quinquaginta passuum millia abest, in asylo acciderat, et horriferum nec credendum, quod et vicinos cum timore compleverat et vigiles confundit. Nam, magna nocte, sub primum lucum, parva turma silentium in area asyli inierat et ministros illius dux excitat. Secundum ad curatorem: Hunc militarem, verendum esse, loqui labra non ducens, cuius vox videatur exire ex arca, quam permagnam ferat. Faciem immobilem praebuere, quae tam formosa sit ut dei esse cuiusdam videatur, sed cum lumina in aula eam forte illuminavisset, se perculsum esse, quod ea sit cerae cum occulis vitreis pictis. Quid accidisset homini, hoc infensum plane fuisse. Ducem, qui videretur caecus, a comite quodam corporis maius ceteris, duci, et illum hominem, amplitudinis repellentis, subcaeruleum os ab morbo innoto semi-corrosum habere. Ubi ducem rogavisse ut anthropophagum illuc *Arkhame* missum abhinc annos sedecim sibi custodi mandetur, et cum se negavisset, dato signo, magnopere infenseque tumultuari, nefandos verberari ministros quosque non fugitatos, sic conculcare, mordere, ut quattuor ex illis interfecissent et tum demum illos monstrum eximere. Ceteri ministrorum superstites, qui rei reminisci neque insanire possint, declaraverunt illos non ipsos movere proquam ipsi velle, sed potius tamquam si, animis defectis, ducerentur, duci enim habenti faciem cerae, nolentes, ut videretur, parerent. Priusquam quisquis sibi vocantibus subvenissent, homines infestos, cum insano monstro, quem tunc custodirent, iam antea abisse.

Herbertus W. relatione relata per horas ad mediam noctem usque eo terroris venerat ut paene se non movere posset, cum ostii tintinabulum sonat, maxume attonatur. Quoniam famuli in cenaculo dormiebant egomet abii visum nescio quos accessos. Quae res tum fierent, harum vigiles certiores iam feci: Nullum carrum fuisse in via, tantum hominum, manum figurarum insolitarum, tenentes magnam arcam quadratam, quam ipsam in aula deposuisse, unum eorum in voce summa peculiari quasi eum grunnire dicentem, 'Huc expedita nihil constat tibi.' Tunc alium ex alium incerto gradu exiisse. Non autem vigilibus dixi, quorsum inde abissent, cum visum essent, mirabile dictu, ipsos vertere ad agros antiquos sepulcrorum versus, qui aedibus, ut supra dixi, contingunt. Herbertus W., cum ostium vi clausissem, gradibus descendis, arcam inspexit, qui bipedalis cubus pittacium habuit inscriptum cum eius nomine et ubi habitaremus, et cum hiis verbis quoque:

MISSA AB ERICO MORELAND CLAPHAM-LEE O.I.V. E X SANCTA ELOI AD FLANDRIAM.

In illo loco abhinc annos sex valetudinarius confractus in truncum huius viri animatum atque eius decisum caput, quod fortasse aliquid est locutum, ceciderat.

Is iamiam ne perturbatus quidem erat, eo enim atrociorem habuit affectionem. Protinus, 'Actum est,' inquit. 'At crememus – haec.' Rem igitur deportare coepit in cellam, tentantes si quod exaudiremus. Paucarum ex omnibus memini, tu autem potes tibi fingere affectionem mei animi, at, qui iam crudeles accusant me corporis Herberti in furno inponendi, ementiuntur. Uterque una arcam integram et non reclusam in furnum trusimus, et, furno occluso, vim invisibilem admisimus, neque tamen quidquam interea in arca sonitum fecit.

H.W. primus gypsum solutum delapsi coepere ab parte parietis cellae, ubi antiqua structura fuisset tecta, conspexit. Fugaturum me prohibet. Nunc foramen pavum videre possum, frigidum ventum taetrum sentio, viscera putrescentia, ubi mortui humati sunt, nasum offendunt. Silescit. Lumina subito defuncta, ab luce Tartarea caterva laborantium monstrorum, quae homo quivis, insanus aut peius, tantum potuisset in mente formare, video. Eorum adumbrationes sunt aut hominum, aut semi-hominum, aut etiam in minoribus partibus hominum, aut nihil quidquam. Ii turmae videlicet tam inter se dissimiles sunt ut distortam speciem dent. Ii homines lapides alium ex alium a structura vetustissima in silentio subtrahunt. Iam demum, ubi foramen tam dilatum est ut aditum faciat, singillatim introeunt, ducti a re loquente, homo cum capite formoso e cera facto, et pone eum est monstrum torvum, quod Herbertum, qui tacet, comprehendit, illico ceteri ante meos oculos eum inruunt et manibus discindunt. Singuli amici mei partem sibi quisque arripuit, exeunt in cameram sub terra illam, qua in sunt miranda abominandaque. Herberti caput a duce ipso capitis cerae, qui amictus est ut legatus exercitui *Canadae*, aufertur, et dum caput ex conspectu portatur, pone perspicilla eius oculos video primum umquam esse fulgores furentesque.

Me ex animo delapsum primo luce famuli invenerunt. Herbertus West aberat. Furno nullum praeter cineres redidit, ex quibus nescio quarum reliquiarum constiterunt. Vigilibus peritissimis sciscitatus sum. Quid dicam? Hi tumultum illum *Seftoni* in asylo factum nihil quidquid pertinere ad Herbertum W. existimant, atque homines illos, qui arcam adportaverant, re vera fuisse valde negant. Atque adeo, cum mentionem camerae vetustissimae pone parietem fecissem, hii me irridens docuerunt gypsum in pariete intactum esse. Itaque hiis dicere desivi. Inter se autem significant me esse vel insanum vel interfectorem. Verisimile est me insanum esse, at minus sim, si modo sepulcrorum infestae legiones illae non fuissent tam taciturnae.

FINIS

Ab eodem auctore:

Iamiam Apocalypsis

Iter ad Medium Terrarum Orbem

Alex Lindebrok's True and Accurate Account of the
Journey to the Center of the Earth

www.ingramcontent.com/pod-product-compliance
Lightning Source LLC
Chambersburg PA
CBHW032127050726
47590CB00008B/2998